CRIME AGAINST RELATIONSHIP

MIRAGE OFFENCE

SUMEET KUMAR

Sumeet Kumar

Sumeet Kumar , A adult who experiences many phases of love in his life , get broked many times , stands up every time and keep moving to the next phases of the life.In reality he is a writter as well as singer (as a hobby). Very exciting and interesting fact about him is that he is author of New era i.e. he starts his journey of writing at the age when he was going to schools to get the study . His some famous works i.e. *Maturity Of Love (Genre - Love),Privacy For Dream (Genre - Middle Class), Army Squad ofLove (Genre- The Seperation of Army Love), 5 Days of Love(Genre- Temporarily Love), Th e Endearment Of Love(Genre - Historical Era Of Love), Social Destruction Indo-Pak (Genre - The Story of The Love At The Time Of Division Of India And Pakistan), Middle Class Soul (Genre - The Dreams of Middle Class), The Accursed Kanatpur (Genre -The Horrific Story Of A Village), Wrong Number (Genre -The Suspenseful Physco Killer Story), The Secrecy OfDeadly Midnight (Genre - The Suspense About a Crime),Fragile Religious Of Death (Genre- The Death Of A TrustfulPerson), Nature Vs Science (Genre - The Future Battle Between Nature And Science In A Horrific Way), Generic Man (Genre - The Dream of I.I.T), The Unconsious 12 Hours(Genre - The Illusion At Stage Of Comma), The StrangeBurden (Genre - The Burden Of Love) , Her Existence (Genre- The Female Pain In The Society) , Jockstrap Prize (Genre -The True Story Of A National Athlete) , H Man [Hindi] (Genre - Superhero Tragic Story), H Man [English] (Genre - Superhero Tragic Story) , Maturity Of Love [Englsih] (Genre - Love) and many more* are available on various geners on the offcial platform of **Amazon, Flipkart and Notionpress.** You can buy them from there.

Contents

ACKNOWLEDGEMENTS

Aman Kumar

Special Thanks to **Aman Kumar** who worked so hard in the preparation of this book. He has continually put with my passive voice, omission of words, and late night calls. You have be en wonderful. Thanks to him for his precious time in reviewing proposals , individual chapters and early drafts, along with his suggestions on the applicability of the material to the world.

I

THE WAY TO HELL

Kuch kahaniya aishi hoti hai jinki koi aehmayiat nahi hoti phir bhi vo ish jamane mein ish kadar mashoor hote hai jiski khairat ham kabhi apne alfaazo ke tarazu mein taul hee nahi sakte ,ish duniya mein har kishi ki kismat ek jaishi nahi hoti aur na hee unki fidrat kabhi ek hoti hai vo phir bhi kahi na kahi vo apni beigairat yaadeion kabhi nahi bhulte ,mein jish saksh ke baare apne alfaazo mein jahir karne vala hun sayad uski aehmayiat bhi kuch khass nahi thi ish duniya mein ,phir bhi vo kabhi haara nahi usen fateh ki per ek alag tareeqe seh ,ham jab ish duniya mein aate hai toh iski soch aur iski khairat hamse kaffi alag hoti hai ,aur ush khairat ki wajah seh ham kabhi asliyat khatre jo dosti ,pyaar ,yeh rsihte bankar samne aate hai ham kabhi unse kabhi waqif ho hee nahi paate ,ham har waqt kishi ek saksh ki zarrorat hoti hee hai ,cahe vo veeran raahone per chalne ki ho yeh ek humsafar ki tarah uski mehfil ke khamosh hone ki ho ,kuch dard aishe bhi hote hai jinke liye do alfaazo ki kemar bilkul ush andhere ki tarh hoti jiksi khairat tabhi mitt sakti hai jab ujale ki shiddat samne najar aaye ,mein ye jo bhi keh raha hun yeh kehne vala hun sayad vo kuch logo ko pasand na aaye phir bhi koshish toh yehi hai ki mein ush ek saksh ki khamoshi apne lafzo ke dvara mitane ki riwayat karu ,ish duniya mein sirf ek hee sachai mashoor hai jisse ham sab waqif toh hai per kabhi uske kareeb jaane ki rehmat nahi karte ,ha ho sakta hai ki vo ek saksh galat hai uski fidrat bhi galat hai per uski inayyat kaiseh galat ho sakti hai ,uski soch kaiseh galat ho sakti hai vo bhi tab ,jab uske raste insaniay seh hokar gujarte ho , har waqt halat ek jaishe nahi hote hai aur har baar insaan ki fidart kishi ek saksh ke sath ho ye bhi toh zarrori nahi ,phir bhi likhne ki riwayat aaj jitni lambhi ho sakti hai ush khuda ke sajde ,mein utni likhe ki beigairat koshish zarrora karunga

,kyunki ye pehli aishi amar kahani hai jiski fateh ki cahta bhi harr seh hokar hee gujri . pata hai khamoshi har ek saksh ko todd kar rakh deti hai ,mere kehne ka matlab hai ki jab khamoshi kishi ki mehfil ki wajah banti hai ye aashan sabdo mein kahu toh ,jab kishi ki mehfil tanhaiyo ki parchai mein shammil hoti hai toh unki khushiyan bhi ush andhere ki tarah hee hoti hai jinki soch seh hamari khushyian ish kadar hamse durr ho jati hai ki ham ush waqt cahh kar bhi uski saaseion khud seh durr karne per majboor ho jte hai ,jaishe khali paano ki saugat ke liye kalam ki riwayat zarrori hai ushi tarah ek acchi aur behtar zindagi bitane ke liye bharoshe ki talim bhi utni hee zarrori hai ,ish duniya ek saksh ki jab tak maut samja ush apni mehfil mein har roj ush marg ki riwayat ko mahasoosh karata hai ,cahre zindgai kitni bhi kyun na bachi ho ,agar insaan ki fidrat kishi ko lekar nahi badalti toh vo sirf daulat hai ,kyunki ish samaj ki riwayat ush daulat ke peeche kal bhi pagal thi aur aaj bhi hai . khair ek saksh ki zindagi mein kayi aishe halat aate hai jaha vha khud seh durr jane ki itni koshish karta hai jaha uski soch bhi harr jati ,na hee ush waqt kishi ki philosophy kaam aati hai aur naa hee kishi ki mentality ,rishto ki saugat ush saklsh ko khud ke kareeb lane ki kayi inaayat bhi karte hai phir bhi vo saksh unke kabhi kareeb nahi aata kyunki jish saksh ne bahri mehfil aasyun bahaye hai na uski fidrat kabhi ushe ye mukaam deti hee nahi ki vo unke kareeb jakar un rishto ko nibhaye . har waqt aage badhne ke ilm kaam nahi aati ,ish duniya mein har ek saksh khud ko dusre seh behtar samjhata hai ,aur behtar banane ki koshish bhi karte hai per uski nakmayabi bhi uski mehfil mein ish kadar ranjish bann kar samne aati hai ki vo cahh kar bhi kabhi khud seh ushe alag nahi kar sakta ,ish duniya mein agar mohabatt zarrori hai toh nafrat bhi zarrori hai ,aur agar insaniayt zarrori hai toh havaniyat bhi zarrori hai ,safar mein agar sath chlne ki koshish ein agar harr jayo toh apni cahat ko kabhi marne ki koshish matt karna ,kyunki uski soch tumahar chalne se kabhi jind thi hee nahi ,vo toh tumhari mehnat seh thi jishe tumne kishi aur ke liye bahut pehle hee chhod diya hai , toh tum uski riwayat kyun nhi bhula dete ,kyun hr waqtun yaadeion ko yaad karte ho jo tumhare kabhi thhe hee nahi ,kyun ush sath ki gujarish karte ho jisko khairat kabhi tumhare hisse mein likhe hee nahi hai ,har roj bah uske baare mein sochna aur phir khud ko samjhana ki vo aab bhi kahi na kahi mer sath hai ,nafrat ki khairat kabhi aashani seh nahi aur mohabaat ki dua vo bhi sacchi vali ush khuda seh kabool nahi hoti ,har waqt hamari khamoshi mein koi sath de ye zarrori toh nhi ,aur har waqt ham galat hee ho ye bhi toh zarrori nhi ,agar sahi ho khud ke raste toh uske liye lado per kabhi khud ko ush mehfil mein harne ki riwayat ko badho matt ,hazar dafa ye baateion keh chuka hun ish duniya ki khairat ne akele hee pala hai , toh ush adhure safar mein ham kishi aur ko apne hamdam hone ki pechaan kyun ,ish duniya mein harek baar fact seh suru nahi hoti aur na hee fact per kabhi kahtam hoti hai ,dikhave ki pechaan har koi karta hai per sacchi mohabaat sirf apni ruhh hee karti hai jiski inayyat ham kabhi kabool hee nahi karte , har waqt bash usse durr bhagne ki koshish karte hai ,aur khud ko ek aishi uljhan mein daal dete hai jiska koi haal he e nahi hai ish duniya mein . jab ham kishi manjil ko tayy karte hai na toh iski khairat bash itni hee hti hai ,kish ham ushe kabhi khud seh alag karne ki cahat na kare ,kyunki uske hlat bhi ek aam inssan se ush waqt milte julte hai ,agr koi sath nahi toh tum ko apni mehfil mein itna mahroom kar lo ki tumhari khamoshi bhi tumse durr jaane ki caat karne lage

,aur chhhod do ush jamane jo tumhare sath kabhi tha hee nahi ,kyun ush ek saksh ke kareeb jana jisne na toh tumhre halat smjhe hai aur na hee tumhari emotions ko ,aur feelings ki toh batt hee matt kariye janab ,kyunki iski maut toh ushi din ho jati hai jish din hamari soch bharoshe ki pechaan seh milti hai . mein ush haadse ki bhi riwayat seh har ush saksh ko waqif karvana cahta hun jo log ek dusre ke liye karte hai aur khairat mein ye ibitida mangte hai ki ye zarrori nahi hai ,zarrori toh ish duniya mein kuch bhi nahi hai agar dekha jaye toh , cahe vo oxygen ki baateion ho ye ush h2o ki phir bhi ye hame jinda toh rakhte hai ,per kya sach mein kishi ki mohabatt bhi ish oxygen aur h20 ki jaishi hati hai jo zindagi ke sath toh hoti hai pe zindagi ke baad inke connection lost batate hai ,hamari duniya ek aishi society hai jaha per log sirf survival karna jante hai ,aur ish urvival ke chakkar mein kayi pange bhi ho jaate hai aur aishe pange hote hai jinka koi solution hai hee nahi ish duniya ke khali paane mein . zindagi mein ham apne har un lamho seh waqif hote hai jo hame dard de sakte hai ,phir bhi ham unke saaye mein khud ko mehfooz savit karne ki kayi nakaam koshish karte hai aur akhiri mein un sab seh ek naye dard ki pechaan naseeb hoti hai ,phir kyun rehna un rishto ke sath jo do pal ki khushi toh dete hai per har pal unki khamoshi hame aur bhi zyada mahroom kar deti hai ,ek insaan apni tanhaiye seh bhaag sakta hai per apne aane vale waqt seh vo kabhi nahi bhaag sakta ,kyunki na toh ushe iski aadat hai aur na hee koi fidrat,jab ek safar mein koi sath ho toh duniya ki har manjil kareeb shi ,mahasooh hoti hai per asliyat mein unke khwaab bhi hamare liye kabhi ghatak savit ho sakte hai iski ibitida seh toh hm kaffi durr rehte hai ,duniya mei har ek saksh seh aap furqat le sakte ho ,per jab apki iml khud seh furqat lene ko kahe toh furqat matt lena ,kyunk uske lamhe na toh apko kabhi khushi seh jeene dege aur na hee kabhi marne dege ,mein har baar bash kahi aishi manjil per rukk jata hun ,jha mere raste saff hote hai phir bhi unki khamoshi dekh mein har waqt chup rehta hun ,per kyun rehte hai mujhe khud bhi nahi pata iske baare mein ,meri kahaniyo mein bhale vo aehsaas nahi hai ,per ek sachai hai jo har din mujhe rukn ki nahi balki uski jagah aage badhne ki talim deti hi ,mein har haadse ko bhul kar bash aage badhne k ibtida seh hee khush rehta hun ,aur agar khusi lamhe samne dikh rahe tab bhi unse durr rehta hu ,kyunki manjil kabhi ek jagah nahi rukti ye toh bash chalte rehti vo bhi ush hava ki tarah jish per puri duniya nirbhar hai .

"KI MAINE
RISHTO
KI
BEWAFAI
BHI DEKHI
HAI
AUR UNMEIN
KHUD KE
TUTTNE
KI SIFARISH
BHI
PHIR BHI
HAR
BAAR
MAHROOM
HOKAR BHI
UNHE GALE
SEH
LAGANA

CAHTA
HUN
KYUNKI
UNKI
BEWAFAI
MEIN
BHI
MERE
WAJOOD
KI SACHAI
HAI."

ye akhiri saugat hai jo sayad likhne ja raha hun vo bhi apn ush mehfil ke baare mein jisse na toh mein kabhi durr sakta hun ,aur na hee ush khuda seh ishe durr rakhne ki cahta kar sakta hun ,bash itna janta hun ki barbaad ho chuka hun ,ye sayad barbaad hone ki har baar sifarih kar raha hun ,ijjata toh nahi di meri ruhh ne phir bhi kahi na kahi khud ki tanhaiye mein akela per chuka ,na toh aab vo cahnd deeware hai jo mujhe khushi de sake aur na hee aab vo rsihte hai jinke hone seh mein khud ko mehfooz rakhta tha ,ye bhale hee mere safar ki chhoti shi numaasih hai ,per kuch raste inme bhi hai jo taqleef ki sifarsh seh gokar gujarte hai.

"***KI***
SABNE
SATH CHHOD
DIYA
AAB SIFARISH
KISKI
KARE

KUCH
VEERAN
SEH LAMHE
HAI
HISSE MEIN
JO
ABHI
BAKKI
HAI
TOH
CAHLO
AAYO UNKE
HEE
SATH
LAUT
CHALE."

II

ELITE OF DEAD

Aaj jo bhi kehna vala hun sayad uski khamoshi har ek saksh ko acchi na lage phir bhi meri cahat ish cheez ko lekar kabhi khatm nahi ho sakti ,kyunki jo maine dhoke khaye vo sayad mamuli nahi hai ,zindagi har kishi ko sikhne ke liye bhi aur sikhane ke liye dusra mauka zarror deti hai ,per meri zindagi na toh vo dusra mauka aur na hee uski dusri cahat ne kabhi janm liya ,phir bhi har waqt cahat toh yehi rahi ki apni koshish ko kabhi na chodun bash uke kareeb jakar khud ki tanhaiye ko mahsoosh karu ,aur khud ko ek humsafar ki tarah uske kareeb lekar chalun per ye sayad mumkin nahi tha ,kyunki jin rasto per mein tha ,sayad usk parchai bhi meri barbadi ki wajah hee thi ,har dafa bash yehi gujarish karta tha ki bhul jayun sab kuch aur aage badhne ki koshish karu ,per kya ye mumkin tha kabhi ,mein ye bhi nahi janta tha ,per ha cahta zarror thi ki ham dono ki gehraiyo mein jo furqat li hai kya vo kabhi badal payegi ,ye koi prem katha nahi hai ,per ha ek katha zarror hai aur ek aishi katha jiski shiddat ne ham dono ko ish kadar todd diya tha ki judne ki khawish marr chuki thi ,ish duniya cheeze jitni banbati hai ushi tarah seh aajkal log bhi banbati bann chuke ,aur unki baateion ,yaadeion aur emotions sab kuch bash banabati ban kar reh chuke ,duniya galat ish cheez ke baare mein ki mohabaat mein k dusri ki cahat aur nafs milni chaiye na ki jism aur daulat ki khusboo milni cahiye ,per kya ye sahi hai ,kya mein sahi tha ush din ? jo rishte maine kishi ke sath nibhaye hai kya vo sahi thhe ,ye ush din ki har mehfil sahi thi aur mein galat tha ? thak chuka hun har ek rishte ko sambhal kar ishliye aaj ish moor per khada hun jaha mere sath mere apne nahi unki sirf yaadeion hai ,vo yaadeion jisme na toh unhone ne mujhe shammil kiya hai aur na hee koi hissedarr di hai. toh chaliye mashoor karte hai un yaadeion jinhe mein aajtak unki cahat mein bhul nahi paaya per khud ko bhulane ki kaffi koshish ki thi maine ,aur ish hadd tak ki thi ki mahroom hokar bhi unki khushyian dhund raha tha ,vo bhi ek aishi jagah jaha mere apno ne mere kabr ki tareeq tay ki thi . toh ye meri kahani sayad kuch khaas nahi hai per ha ek safar ko tay karne ke liye sayad kaffi raste dikha de ,kyun har waqt mehfil kabhi ek jaishi nahi hoti aur har din ek jaishi cahat dikhaye ye bhi toh mumkin nahi ,phir bhi agar aaj ish kahmoshi ki sahi wajah maloon nahi hui toh sayad mein bhi apne hisse mein mahroom ho jayun vo bhi khud ki wajah seh ,ek saksh ne kaffi acchi baat kahi thi mujseh ki tumne jo bhi khoya vo tumne khud ki wajah seh khoya hai ,koi aur tumhari khamoshi ki wajah nahi hai ,jo sururaat tumne ki hai ushe khatm bhi tum hee kar sakte ho ,aur yehi philosophy mere life kii defination bann gayi matlab mere aage badhne ki bhi aur mere peeche badhne ki bhi ,toh ye haadse kab hue ? kaishe hue ? kish tarah seh hue ? akhir kya raheshya hai iske peeche kayi en sab ke peeche meri mohabatt toh nahi ye koi barbadi jishe bharosha bhi kehta hai ,khair jo bhi hai aap sab ko khabar toh ho hee jayegi uske pehle aap sab mujseh waqif ho jayo ,matlab meri cahat seh aur mere kiredaar seh ,kyunki bahle hee ish kahani ka nayak koi aur hai per mere wajood ki kahani bhi kaffi hadd tak milti hai. mein RAJVEER KHURANA ,ek aisha ladka jisne apni purri zindagi mein kabhi bhi koi kaam nahi kiya ,phir bhi mere ego ki boundary sabse upar rehti aur vo ishliye kyunki mere peeche mere papa jo thhe ,matlab mein apne ghar vo nalayak aulad tha jishe do saksh ne kaffi behtarin tareeqe seh sambhal kar rakha tha ,aur vo bhi ishliye kyunki vo dono beinteeah mohabaat karte thhe ,vo jante thhe ki meri fidrat kabhi badal nahi sakti aur unhe en seh koi dikkat bhi nahi thi ,mere kehne ka matlab hai i mere life style seh ,unhone meri parvarsih kuch ish kadar ki thi ki mein khud ko ek navab samjhata tha ,aur kyun na samjhu ,maine jish cheez ki bhi khwaish ki vo sab mere pau ki dhul bann kar mere sath hee chalti thi ,ish duniya mein har ek rishte mein dhokebaazi mill sakti aur ye toh aajkal kaffi aam bhi ho chuki hai ,per jiske pau mein ush jannat ki chaap ho na toh vo rishte khuda seh bhi upar hote hai ,aur mein kishi aur ki nahi balki apne mom aur dad ki hee baateion kar raha hun, mein manta hu normally log apne ma baap ko apni purri duniya mante hai ,per mere liye vo sirf meri duniya nahi balki meri stability hai ,agar chemically kahu toh mere liye vo mere balancing power hai ,mein kabhi na toh unse alag ho sakta hun ,aur na vo kabhi mujseh khud seh alag kar sakte hai ,waiseh mere dad peshe seh ek business tycon hai aur meri mom ek lawyer hai,mere dad ki pechaan unhone khud hee banayi hai ,per meri pechaan mere dad ki wajah seh hai ,aur mere mom ki wajah seh hai ,agar kishi ki mehnat mein khot aa jaye toh ham ushe sudhar sakte per agar uski kismat mein hee agar khot aa jaye toh ham ushe kabhi nahi mita sakte ,aur meri mom aur dad ki zindagi mein ,aur unki kismat mein mere hissab seh mein apne mom dad ke liye sabse bad khot tha ,agar normal language mein kahu toh ek aishi kismat jishe apni pechaan koi nahi banana cahta tha . matlab ye adhuri hee sahi per mein baateion purri batana cahta hun ,mein apne mom dad ka khoon nhi tha ,matlab jab mein paida hua toh mein ek orphan hee paida hua tha ,matlab mere khud ke ma baap ne mujhe ishliye chhod diya tha ,kyunki unhe lagta hai ki mein abnormal hun ,matlab meri bodya langauage abnormal hai ,kyunki mere life ki tragedy hee kuch aishi thi ki doctor ne meri entry per hee mere mom dad ko mujseh alag kar diya tha ,aab iske bhi haadse seh aap sab ko waqif karva hee deta hun ,toh haadse kuch aishe thhe ki jab ish duniya mein meri entry hui tab mere pau abnormal thhe ,matlab doctor ka ye manna tha ,ki mein kabhi cahl nahi sakta ishliye unhone ne mujhe ush hosipta mein chhod diya tha vo bhi janm dete hee ,aur sayad rote hue bhi ,ish raheshya ke peeche kitni sachai hai mein nahi janta kyunki ush waqt toh mujhe yehi pata tha ki mere asli ma baap MR. ANSHUMAN KHURANA ,aur ARPITA SINGH KHURANA hai ,mujhe ye baat kaiseh pata chali ,kisne batayi ,iske peeche bhi kayi raaj hai jo sayad waqt rehte khul bhi jaye ,per abhi meri kahani ush morr hai hee nahi ,matlab abhi purri picture bakki hai mere dost ! normally kahu to mein ek naala hee tha sab ki najron mein agar tapori language mein kahu toh ,kyunki mein aur hamari chhoti shi duniya hyderabad seh thi ,matlab mere mom aur dad ki janm bhumi hyderabad thi ,per sayad mein apne hometown ke baare mein kuch bhi nhi janta ta ,aur janta bhi jisne apne asli ma baap tak ko nahi dekha vo apne hometown ke baare mein kaiseh jann payega ? khair mujhe society ki baateion kabhi hurt hee nahi karti ,cahe vo mere baare mein ush waqt kuch bhi kyun na bolen,ulta unki baateion mujhe toh strong banati thi ,bhale hee vo mer asli ma aur papa nahi thhe ,phir bhi meinunhe apne asli ma aur papa seh bhi zyada pyar karta tha ,aur vo dono mujhe apne asli bete seh bhi zyada pyar dete thhe ,unhone ne mujhe kabhi ish baat ki khamoshi mahasoosh hone hee nahi di ki mein unka apna khoon hun hee nahi , waiseh maine apne bade bhai seh toh aap sab ko milaya hee nahi matlab mere big bodyguard seh jo ki hamari chhoti shi duniya ke bade hulk thhe ,aur ye hulk kyun bane iske peeche bhi ek raaj hai ? khair mein inki baateion zarror batayunga kyunki inki life har waqt comedy hee hui hai ,mere kehne ka matlab hai bachpan seh lekar aajtak inki life mein koi serious baat hui hee nahi ,toh baat kuch aishi hai ki ,mere bhaiya jab 10thstandard mein padhte thhe tab unhe ek pehalwan ki beti seh pyar ho gya ,aur vo bhi ek tarfa ,matlab vo ladki unse pyar nahi karti ,phir kya tha vo ek aishi race mein bhaag rahe thhe jaha unki destinity pakki thi hee nahi ,love tragedy ke chakkar mein unhe action tragedy ka samna karna para ,waiseh mujhe to abhi seh hashi aa rahi hai kehte hue ki unki dhila kaishi hui ,khair mere bade bhaiye hi toh unhe thodi ijjat de det hun aur unke dard ki riwayat thodi kam kar det hun badhane ki jagah ,waiseh maine apne bhaiya ki pechaan toh batayi hee nahi kyunki ush din unke naam ke hee pange thhe ,KABIR KHURANA jinke purre school mein koi pange nahi thhe ,kyunki papa ki power hee kuch aishi thi ,ishliye unse teacher bhi kabhi koi punishment dete hee nahi thhe ,kyunki vo school hee hamara tha ,per vo bhi bekhof ishliye kaffi galtiyan karte thhe aur baad mein papa ki daat sunkar shar din so jate thhe ,en sab ke baad ma khana lekar aati phir unhe khilati aur khilane ke baad unhe samjhati phir apne pati ko samjhati ki bada beta hai aur ladka hai aur abhi baccha bhi hai ,ho jati hai galti ,aur ish umar mein nahi karega toh kab karega ? vo kehte hai ish duniya ek ladke per kitne bhi iljam kyun na lage ho ? duniya bhale hee ushe kuch bhi kyun na kehti ho ?per ek ma ki adalat mein unka beta kabhi gunehgar hota hee nahi hai ,cahe vo jurm kare yeh na kare ,kyunki vo ma vo har baateion samjhati hai jo ham kishi aur seh saahil kar nahi sakte ,jaha papa ki dalile khatam hoti thi vha ma ki adalat suru hoti thi ,aur maine pehle hee ye jahir kr diya kii meri ma ek lawyer thi aur unki baateion seh toh kayi judges ne apne transfer order per khud hee sign kar ke unpe permanent approval ki chaap maar di thi ,toh mere papa ki dalile kab tak kaam aati ,aur rahi baat mein toh kabhi kuch karta hee nahi tha aur agar kuch karta bhi toh ushe waqt mere bhaiya mujhe protect karte jo ki aajkal har ghar ki kahani hai ,papa tak meri baat kabhi pauchati hee nahi ,aur agar galti seh pauch bhi jati toh vo mujhe kabhi kuch bolte hee nahi baash exception mein unki kuch baateion mujhe yaad hai jo kuch ish tarah seh thi ,ki satyadas mahto ! agar apne dubara koi galti ki toh apke bade bhai ki tarah hoe aap bhi dandit kiye jayege samjhe ? papa jab bhi mujhe ye baateion bolte mere mind ki definition mein sirf question mark ki hee value najar aati kyunki mein unki baateion ek kaan seh sunta aur dusri seh nikal deta ,per unki baateion seh mein kabhi upset nhi hot tha ,kyunki mein janta tha ki unki daat mein bhi mere liye pya hee hai ?unhone mujhe kabhi alag nahi samjha ,na hee mere asli ma baap ki tarah mujhe kabhi akela chhoda ,mein jaisha bhi tha vo mujhe pasand karte thhe ,unhone mujhe gaud lekar sirf insaniyat nahi dikhai thi ,kyunk insaniyat toh sirf insaan hee dikha sakte hai ,baghbaan nahi ,aur mein une ush khuda se compare nahi kar sakt tha kyunki ush khuda seh toh ek baar galti ho sakti hai per unse kabhi nahi,khair ye toh mere jajbaat hai jo mein unke hisse mein keh raha hun ,asliyat mein toh vo unki inayyat isse seh bhi upar hai ,mere parivaar mein har ek saksh waqif tha ki mein unka apna khoon nahi hun ,mein unka beta nhi hun ,yeha tak ki kabir bhai bhi ye baat acchi tarah seh jante thhe ,phir bhi unhone kabhi ye aehsaas nahi dilaya ki mein unka apn bhai nahi hu, mein jab bhi kuch cahta vo bash mujhe lakar dete ,jab bhi kishi cheez ki khairat hoti vo mere hisse mein sochne se pehle hee maujood hoti . khair meri baateion toh chalti rahegi usse pehle , per usse pehle mein kabir bhai ki love story purri kar dun jo ki adhuri thi ,toh haadse ki subah kuch aishi thi ki ,kabir bhai ek ladki seh pyar karte thhe vo bhi hamare school time mein ,jo ki pehalvano ki beti thi aur ush ladki ka naam sayad DEEPTI GUJJAR tha jo ki behad khubsurat per khatarnak bhi ,vo kehte hai na duniya ki har khubsurat cheez khatarnak hee hoti hai ,cahe vo nayaab hee kyun na ho ,aur ushe paane ke liye hame shiddat ki nhi balki himmat ki zarrorat hoti hai ,aur sayad ush waqt kabir bhai thode kamjoor per gaye thhe ,maine iske pehle hee bataya hai ki kabir bhai unse ek tarf a pyar karte thhe ,matlab vo toh karte per dusre taraf sayad mohabatt thi hee nahi ,kyunki deepti gujjar ke kabhi mauka hee nahi mila ,ki vo kishi aur ke taraf bhi kabhi dekh sake ,kyunki unki shaddi unke ma baap aur chacha ne bachpan mein hee tay kar di thi ,aur en baatieon ki khabar kabir bhai ko kabhi thi hee nahi ,matlab agar un dono ki beech agar baateion hoti toh sayad ye raaj khulne ki sifarsih bhi hoti per baateion hote kaishi ? deepti jab bhi school aati toh sath mein unke do pehalvan zarror rehte jo ki koi aur nahi balki unke chqacha hee thhe ,aur purre school mein kishi ko himmat thi hee nahi ki vo unke agar bagal bhi bhatke ,kyunki iske pehle jisne bhi ye galti ki thi ,uske hath pau salamat nahi bache ,matlab unke gunde ne unke hath pau todd diye thhe vo bhi purre school ke samne ,per ye baateion bahut pehle ki hai aur ye baateion maine bhi kayi seh sirf suni hai dekhi kabhi nahi hai . ishliye kabir bhai ne kabhi unse kabhi kuch nahi bola ,kyunki vo ish baat seh acchi tarah waqif thhe ki agar unhone ish baar koi bhi galti ki toh ma ko bahut hurt hoga aur dad toh unhe ghar seh hee nikal dege ,kyunki vo koi aam ladki nahi thi ,aur agar dono ke beech ush waqt baateion ho bhi jaati toh sayad unki shaddi kabhi nahi hoti ,aur unki umr bhi ush waqt kuch khaas nahi thi ,ki vo ye sab kare ,phir bhi mohabatt thi toh ye baat lajimi hai ki intezaar toh ek premi ke hisse ki pechaan kabhi hai hee nahi ,mera matlab hai ki ham kabhi intezaar kar hee nahi sakte ,aur kitn khud ko uski qafas mein ham ruke ,akhir ek na ek din toh ush raaj per seh toh parde uthne hee vale thhe ,per isse pehle bhaut der ho jaye chaliye ham bhi dekhte hai ki akhir kabir bhai ne aisha bhi kya kiya ki papa ne unhe support karna hee chhod diya . toh ye baat sayad 14th june ki hongi ,jab kabir bhai ne deepti gujjar ko pyar karne ki cahat dikhai thi ,mere kehne ke matlab hai vo bahut waqt seh unhe notice kar rahe thhe ,per unhone na kabhi kabir bhai ko peeche murr kar dekha ,aur na hee kabhi unse baateion ki ,phir bhi kabir bhai ne har apni koshish nahi chhodi ,kyunki mohabatt cheez hee aishi hoti ki pyaase ko bhi samundar dila de ,per ye baat sirf kehne ki hai ,isme kitni sachai hai meinbhi nahi janta ,phir kya uh din kabir bhai ne ye soch liya tha ki aaj cahe kuch bhi kyun na ho jaye aaj mein ushe apne dil ki baateion bata kar hee rahunga ,cahe unke pehalvann mujhe peet hee kyun na de ,vo kehte hai jab kishi ki nayi mohabatt hoti hai na ,mere kehne ka matlab hai pehla pyaar toh vo ush waqt ushe panne ke liye kuch bhi kar sakta hai ,aur ye zyadataar ladke ke hee karte hai ,kyunki hamare amitabh bacchan sir ne apne alfaazo mein ye kaha hai ki mard ko kabhi dard nahi hota ,per ush din asliyat mein unhe itne dande pare ki miya unhone charminar vhi dekh liya tha ,khair akhir aisha hua kya ?

CONVERSATION

"

***Kabir** : deepti ! mein kya tumse kuch keh sakta hun ?*

***Deepti** : agar tumhe kishi ne dekh liya toh bahut mushibat ho jayegi !chale jao yeha seh kya bolna hai tumhe chale jao.*

***Kabir** : nahi mein apni baateio keh kar hee rahunga .*

***Deepti** : agar mere chacha ne dekh liya toh tum kehne layak nahi bachoge ,vo dekhe vo aa bhi aa bhi* *rahe hai !*

***Kabir :** aane do aaj jo bhi hoga mein dekh lunga ,per jo mere aandar chal raha ushe mein aur jhel ahi sakta ,aab himmat bilku bhi nahi hai .*

***Deepti :** thik hai kaho ,per agar tumhare sath kuch bhi bura hua toh phir mujhe mtt kehna ,samjhe .*

***Kabir :** thik hai .*

***Deepti :** aab jaldi kaho bhi ,kya kehna cahte ho tum ?"*

isse pehle inki baateion aur aage badhti ,usse pehle hee gujjar pehalvano ne un dono ko baat karte dekh liya ,phir kya tha ,kabir bhai toh ush waqt purre tashan mein thhe ,ki mein tumse pyar karta hun ,tumse shaddi karna cahta hun ,tumhe apna banana cahta un ,kaffi waqt seh tumhe pyar karta hun aab to meri baateion aur mere halat samjho ,pyar ho gya hai tumse jab seh mane dekha hai tumhe ,nahi reh sakta tumhare bina aab mein ,raat ki neende aur subha ki dhup mein tum ho ,kya kahu yaar ,itni dafa koshish ki per tumhare chacha ke pehalvan hamesha tumhrare sath hee rehte thhe toh mein kabhi keh hee nahi paya ,per aaj keh ke rahunga cahe kuch bhi kyun na ho jaye . isse pehle vo iske aage kuch bolte udhar se ek thappad aur uske baad dhobi pacchar deepti gujjar ke pehalvano ne unhe taufe ke roop mein aache seh diya ,phir kya tha hamare hulk bhaiya zameen per aur unki mohabatt aashmaan per , ushi din mein sach mein samjah gaya ki mohabatt mein zameen aur aashmaan ek jaiseh kyun dikhte hai aur kyun ek jaiseh lagte hai . phir kya tha ,purre school mein ye haval chalne lagi ki kabir khurana ko aur deepti gujjar ke pehalvano ke beech ladai ho gayi hai , aur ye baat dad seh chupne vali thodi thodi thi ,kyunki dad bhale hee vha kam aate thhe ,per aab ye baat unke bete ki thi ,aur ush bete ki jishe vo mujseh bh zyada nalayak samjhate thhe ,jab ye baat dad ko pata chali toh ush waqt mein unke sath nahi tha ,matlab mein mom ke sath tha ush vo bhi kishi kaam seh bahar ,aur jab hame ye baat pata chali ki kabir bhai ko bahut chhot aur unhe gujjar ke pehalvano ne piita hai ,toh mom aur mein turant vha se aa gaye ,aur papa toh pehle seh maujood thhe ,per unhoen ush waqt kabir bhai ke liye kuch bhi nahi kiya ,ulta unheoe khud ke bete ko khud ke school seh nikal diya ,na toh unhone bhai ki ek baat suni aur n hee unhe dekha ,per mom jaishe hee aayi unhone gujjar family ke against ek complain kar dii ,aur vo bhi act to half murder ke tehat ,phir kya tha ma toh pehle seh hee ek lawyer thi ,unher dusre ke dard dekhe nahi jaate thhe ,toh ish baar toh baat unke khud ke bete per aa gayi thi ,toh vo unhe kaiseh chhod deti ,jab ma unke khila case file kiya ,toh dad ne ushe vapas le liye ,kyunki unhe lagta tha ki galti unke bete ne hee ki hai toh vo kishi aur per cae file kyun kare . per ush waqt do haadse ek sath hue thhe ,aur ush haadse ki pechaan sirf kabir bhai nahi thhe balki mein bhi tha ? per akhir kyun aur kaiseh ? kuch khwaab aishe bhi hot hai jo bhale hee waqt per purre nahi hote per waqt ke gujarne ke baad unki khairat hee hamare khwaab ko purri karti hai ,agar manjil ki khairat chhodni hai toh purri tarah seh chhod do , adhure khwaab toh vo khuda bhi hame dikha deta hai ,per ushe purra karne ki sururaat sirf hamare hathone mein hoti hai ,aur ush waqt meri manjil kuch aishi hee thi ye toh ush waqt mein peeche moor sakta tha ,ye khud ko mahroom kar sakta tha ,ye khud ko bachane ki khawish kar sakta tha ,per ish baar nahi kyunki jo pyar unhone ne mujhe diya tha ,mein ushe kabhi galat savit nahi kar sakta tha , mein unke bharoshe ko kabhi todd nahi sakta tha ,unhe vo dard ki mehfil vo bhi unke pyar ke badle kabhi nhi de sakta tha ,ishliye maine ush waqt vhi kiya jo meri ruhh ne mujseh kaha .

"

KI TU
EK CHHOTI
SHI MUSKAAN
HAI
PER MEIN
TERA
PURRA
AYENA
HUN
KHWAABO
SEH ZYADA
MEIN
TERE SATH
NANGE PAU
CHALA HUN
DUNIYA KI
KEEMAT NAHI
PATA MUJHE
ISHLIYE TOH
TERE RISHTE
SEH BANDHA HU
BHAI BHAI
KEH KE
MEIN TERE
MAJBOOT
BAAHON MEIN
PALA
HUN.

APNO
SEH ZYADA
MUJHE GAIRO
NE SAMBHALA
HAI

ANDHERE
KI AASH DEKAR
MUJHE
UJALE MEIN
PALA HAI
AUR KISH BAAT
KI DALILE
DUN MEIN
UNHE

UNHONE
TOH
MERI GALTIYON
PER BHI
MUJHE
PYAARA
BETA
KEHKE
PUKARA
***HAI .*"**

zindagi mein jo apne hai ye zarrori toh nahi ki vo sach mein apne hai ,khoon ki shiddat seh kabhi rishte nahi bante ,aankheion ki sachi bhi zarrori hai ushe savarne ke liye ,jaisho ek paudeh ko vrich banane ke liye jal vayu aur kayi cheezo ki zarrorat hoti hai ushi tarah ek rsihte ko behtar banane ke liye bharoshe ki bhi cahat behad zarror hai jiski talim na toh bazaro mein milti mein aur na hee ishe ham kabhi kharid sakte ye bhi ushi vaataavaran ki tarah jo ki tarah jo ki bilkul praakrtik hai .maine apne rishto ki abhi purri sachai nhi dikhai aur na hee dikha sakta hun ,kyunki unki haar ein hee meri haar maujood hai jishe mein cahh kar apna nahi sakta ,zarrori bhi hai phir bhi mein unhe pana nahi sakta ,kyunki kuch dard aishe bhi hote jine ham kabhi kishi aur seh kabhi saahil nahi kar sakte .

III

HIDDEN CRIME

Jurm ki talim bhi kuch aishi hoti hai ki vo kabhi rishte nahi dekhti ,cahe vo khoon ke ho ye anjaane hee kyun na ,uski soch har kishi ke lie hee hoti ,aur jo jurm ko aapne rishte ki pechaan de uski toh baat hee kuch alag hoti hai ,rishte agar khoon ke ho toh lajmi hai ki unse milne vale dard ko ham bhul bhi sakte hai per agar vhi rishte banaye gaye ho aur banabati ho toh usse milne vali har ek dard ki talim khaas hoti hai ,aur ham kabhi bhi unh khud seh alag kar hee nahi sakte ,cahe kitni bhi koshish kyun na karlen ,jurm ki hsse daari har kishi ke liye ek shi nhi hoti ,kyunki ye bhi rishte aur daulat ko hamse behtar pechanti hai aur itni jalim hoti hai ki kishi ki mohabatt aur lagab ko apke jehan seh kb bahar nikal kar phek de aur uske baad apko ek chhoti bhanak tak na lagne de iske baare mein. khair kuch moor aishe bhi hote hai zindagi mein jinse ham behad durr rehne ki koshish karte hai ,phir bhi na toh ham unse kabhi durr ja pate aur na hee un lamho ko kabhi bhulne ki koshish kar sakte hai „maine kabhi ye nahi socha tha ki meri zindagi kuch ish kadar badal jayegi ki mein khud ko bhi ush ayane mein pechaan nahi payunga ,aur baateion hee bhi kuch aihe hee thi jinhe logo ne haadse ki pechaan de dii ,toh ush din hua kuch aisha ki jab gujjar ke pehalvano se kabir bhai ko peeta toh ush din unhone physically toh ushe bhula diya per mentally vo ushe bhul nahi pa rahe thhe ,kyunki aajtak unki taraf kishi ne hath tak nahi uthaya aur na hee unse kabhi oonchi aawaz mein baat ki thi ,ishliye vo un lamho ko bhula hee nahi pa rahe thhe ,bash khud mein mahrrom ho chuke thhe ,kyunki ush waqt dad ne unhe kaffi kuch sunaya tha aur galat samjha tha ,na toh unhone unhe bolne ka mauka diya aur na hee unse baateion ki ,kehta hai ek jurm ki sururaat tabhi hoti jab aap sahi hokar galat savit kar diye jayo ,aur kabir bhai toh kabhi galat thhe hee nahi ,unhone sirf apni mohabatt ka ijehaar kiya tha jo ki meri najron mein toh bilkul galat nahi hai ,jish din mein kabir bhai seh mila ush din unki halat itni khrab thi ki vo theek seh khade bhi nahi ho pa rahe thhe ,mein unki halat apni aankheion seh dekh bhi nahi pa raha tha ,bash mann toh kar raha tha ki jinhone inki ye halat ki hai mein unhe jinda na chodun ,ghutan shi ho rahi thi mujhe unke dard ko dekhkar ,mein unki har ek taqleef ko unse durr krna cahta tha ush waqt ,ishliye maine vhi kiya jo mujhe ush waqt karna chaiye tha ,maine soch liya tha ki mein unhe jinda nahi chodunga ,mein unhe jaan seh maar dunga ,aur maine kaffi hadd tak ye than bhi liya tha ,per khairat mein har cheez mumkin ho ye zarrori toh nahi ,mein cahta tha ki unhe iski saja mile per kabhi ye nahi socha tha ki aisha bhi kuch honga ,per akhir hua ?kisne kiya aur kyun kiya ?kahi ye kabir bhai ne toh nahi kiya aur agar unhone kiya bhi toh saja mujhe kyun mil rahi hai ?doshi mein kyun hun ? jurm mere hisse ki khushi kyun aayi hai ?mujhe kyun taqleef ki qafas mein log kaid kar rahe hai ,aur vo bhi mere apne hee . toh ush din hua kuch aisha ki ye sayad 5thseptember ki shubah ki baat hongi ,jish din mom ghar per nahi thi aur na hee dad thhe ,aur mein apne classes khatm kar aaya hee tha ki maine dekha sab kuch bikhra hua ,sab kuch bikhra hua dekh mein ush waqt thoda pareshaan ho chuka tha ,ishliye maine ush waqt kabir bhai ko aawaz lagai ,per koi javab nahi mila ,aur jab mein unke kamre mein gaya toh vo bhi nahi thhe ,phir maine garden area check kiya toh vo vha bhi nahi thhe ,mein ush wqt kaffi darr chuka tha ishliye maine mom aur dad ko call lagaya per unke ke call out of reachble bata rahe thhe ,aur kayi baar jab try kiya toh switch off ,matlab mein ush waqt sochne ke halat mein bhi nahi tha ,ajeeb mahasoosh kar raha tha ,phir maine kayi baar upar neeche har jagah ghar ke har kone mein kabir bhai ko dhunda phir bhi vo mujhe nahi mile ,mein itna ghabra chuka ush waqt ki maine socha ki mujhe aab police ko call karne hee parega ,ishliye mein ghar ke aandar gaya apna phone lane ke liye per jab mein vha pauchta hun toh mere phone bhi gayab tha ,mein ush waqt kaffi hairaan ho chuka tha ki ho kya raha hai ish ghar ,aur kahi mere mom aur dad khatre mein toh nahi aur kabir bhai kidhar hai kahi unper koi khatra toh nahi ? mein ye sab soch hee raha tha ki phir mujhe yaad aaya ki mein landline seh bhi call kar sakta hun ,per jab landline ke pass gaya toh unke conection kate hue thhe ,matlab itni sarri ajnaabi aur hairaan karne vali cheeze vo bhi ek sath kaishe ho sakti hai ? en sab ke baad bhi maine harr nahi mani ,mein bash ush waqt apne ghar seh nikal aur seedha police station ki taraf bhaga ,jab mein police station ki taraf bhaag hee raha tha ki mujhe mom dad dikhe ,matlab vo bhi ushi raste ja rahe thhe ,maine toh unhe dekh liya aur kayi baar aawaz bhi lagayi per unhone ne mujhe peeche ,murr kar dekha tak nahi ,ishliye mein aur teji seh unke peeche ja raha tha ,aur jab mein police station paucha toh mein dekhta hun ki mom dad pehle seh vha maujood hai vo bhi kabir bhai ki dead body dekhne ke liye ?

Conversation

"***Mom :*** *mere beta kaha hai !*

Police : *abhi tak apke bete ke cehre ki pechaan theek seh nahi ho paayi hai ,kyunki jisne apke bete maara hai usne pehle cehre per tejab dala hai ki koi uski shakal ko pechaan na sake aur phir kayi baar hathore seh uske ser ko kuchla gaya .*

Mom : *ye kya keh rahe hai anshuman ! aisha nahi ho sakta ,mere bete ki maut nahi ho sakti (emotions of weeping).*

Dad : *arpita just keep calm aisha kuch bhi nhai hua aur zarrori toh nahi ye hamare kabir ki hee body ho .*

mein unke kareeb nahi ja raha tha ,mein bash darr chuka tha ush soch seh jisme mere apno ke aasyun dikh rahe thhe ,ush waqt mom kaffi unconscious ho chuki ,maine mom ko kabhi apne samne rote hua nahi dekha ,per ush din pehli baar jab maine mom ko rote dekha toh mein khud bhi kamjoor ho chuka tha ,aur jab mein unke kareeb gaya toh unhone mujseh ye pucha ki hamne toh acchi parvarish di thi tujhe pala posha ,aur itne acche seh padhaya phir tunne mere bete ko kyun maara ,kyun maara kabir ko ?

matlab ye kya hua ? meri zindagi ish kadar kaishe badal gayi ? jish ma ne mujhe kabhi khdu seh alag nahi kiya hai ,vo mujhper ye iljam laga rahi ki mein uski gaud ka hatyaara hun ? maine unke bete ko maara hai ?

***Me** : dad ! ye kya bol rahi hai mom ,mein kabhi kabir bhai ko taqleef dene ke liye soch bhi nahi sakta ,mein unhe nahi maar sakta dad ,mein khud ko taqleef dene ki soch sakta hu per aapsab ko kabhi nahi ,aur mein bhi apka beta hun na dad ,phir ma mujhe aishe kaishe bol sakti hai , ush waqt mujhe kuch samjah nahi aa raha tha matlab meri zindagi vo bhi ek pal mein itni badal jayegi vo bhi mere apne ke khatir maine kabhi socha nahi tha ,mein kayi baar roya dad ke samne aur phir mom ke samne per unhone meri ek nahi suni ,yeha tak dad ne mujhe ye tak bol diya ki tu hamara khoon nahi hai ,tujhe toh sirf hamne pala hai ,aur hamne kabhi socha tha ki ham ek saanp ko apne ghar pal rahe hai jo kal hokar hamare bete ko hee apne vish seh marr dega ,kyun kiya tunne aisha ,hamne tujhe itna kuch diya aur tunne badle mein hamare bete ki* *jaan le li ."*

zindagi mein pehli baar mein sahi hokar bhi galat hona cahta tha ,na toh ush waqt vo himmat thi aur na hee vo shiddat ki mein khud ko unke samne saabit kar sakun ,ki maine aisha kuch bhi nahi kiya hai ,agar ye baateion koi aur bolta toh seh bhi leta per jinhone bola hai unki baateion seh mere kabr ki cahat vhi tayar ho chuki thi ,khair sab yehi soch rahe honge ki ya sab hua kaishe ,koi toh khairat saboot ko unsab ko mili hongi jiski baudaulat vo mujhe kasoorbaar maan rahe vo bhi ek jurm ke liye jo maine kiya hee nahi aur na hee kabhi karne ki soch sakta hun . police ka manna tha ki ye jurm maine hee kiya ,kyunki murder pot per meri ring unhe mili thi jo mere mom dad ne hee mujhe dii thi jab mein 5 saal ka tha ,ush ek saboot ki wajah seh unhone mujhe kasoor baar maan liya .unhone mujhe peech murr kar ek baar dekha tak nahi aur na hee mujseh koi safai mangi ,aur nee baateion ki ,unhone bash itna ki ,officer ish saksh ko hamari najron seh durr lekar jaiye varna aaj mein ish apne hathon seh marr dunga ,gala ghot dunga jisne mere kabir ko maara hai .

"NA SOCHNE
KA WAQT
DIYA
AUR
NA HEE
LADNE KI
TAREEQ
TAY KI
USH RAQEEB
NE
PER ITTEFAAQ

SEH JAHA MEIN
MAHROOM HO
CHUKA
THA
APNO KI
YAADEION
MEIN
BASH VHI USNE
MERE
KABR KI
SIFARISH KI ."

kuch haadse aishe bhi hote jo hamari aam zindagi seh kaffi alag hote hai ,ish duniya mein soch ki koi keemat aur apno ki aehmaniyat bhi kaffi kaam hai ,ham kishi ajnaabi seh toh apne dard ko baat sakte hai per apne seh kabhi nahi ,aur aajkal ye hamari duniya ki sabse badi galti hai ,har waqt koi sath nahi rahega ,ye sab jante hai ,phir bhi mahroom hokar inti koshish karte hai vo bhi ush saksh ke paane ke liye jo hamari inaayat ke layak hai hee nahi ,maine apno rishto mein ek baat jo zarror dekhi ki vo mere kabhi apne thhe hee nahi ,ye unhone mujhe kabhi apna mann hee nahi ,varna u bhari mehfil mein unki aankheion mein unka kasoorbaar nahi hota ,maine ush unhe ishiye kuch nahi kiya ,kyunki meri ruhh aandar seh barbaad ho chuki thi ,mahroom ho chuki thi unki dalile sunne ke baad ,khud ko har waqt taqleef dene ki koshish kar rahi thi ,ish haadse ki khairat hamesha adhuri hee rahegi ,kyunki mere hone ke wajood ko bhi ush din mere apno ne hee maar dala tha per ush khuda seh gujarish ki apni insaniyat ko jinda rakhe aur ish haadse ki purri sachai samne laye ,bash akhiri waqt mein yehi keh sakta ki mein galat nahi tha ,aur na hee mein unhe taqleef de sakta hun jinhone ne mujhe pala hai ,ish kahani kiredaar abhi kayi bakki hai ,aur kayi raheshya bhi hai jo abhi khulne bakki hai ,aur jo qafas mere dushmano ne mere liye tayar ki ushe todne ki sifarish bhi abhi bakki hai . jaane seh pehle kuch baateion bata dena cahta hun ,ki jo dead body police ko ush waqt mili thi vo kabir bhai ki nahi thi ,per ye baateion sirf mujhe aur ush saksh ko hee pata jisne meri madad ki thi ,aur jin rishto ki saugat mein khud ko mein mehfooz manta tha un logo ne hee mere maut ke kabr tayar ki thi . na hee safar ki baateion adhuri hai aur na hee jurm ke hissedaar abhi adhuri hai ,per kuch saval hai jinke javab abhi bakki hai ,kyun hua kisne kiya ,kab kiya aur kaishe kiya ?abhi kayi raaj hai jo khulne bakki hai ,kayi raheshya hai jinper seh abhi parde hatne vale hai tab tak intezaar ki ibitida toh karni hee paregi ,kayi ye khel mere apne ne toh nahi racha ? aur agar kabir ki maut hui bhi hai toh kisne ki aur kyun ki ? kayi ye gujjar ke pehalvan toh nahi ? ye kya sach mein rajveer ne maara hai ? aur agar usne apne bhai kabir ko nahi maara hai toh vo jail kyun gaya ,kyun usne khud ko kasoorbaar maana vo bhi ush jurm ke liye jishe vo kabhi kar hee nahi sakta ?

“

ADHURE
HEE SAHI
PER JURM
KE KAYI
KIREDAAR
ABHI
BAKKI HAI
AUR WAQT KE
SATH JISNE
YE SOCH LIYA
KI KAHANI

KHATM HO
CHUKI
HAI
AFOOS
PER ABHI
TOH PURRI
JUNG BAKKI
HAI."

EDITION : 1

9 798886 297812

Printed by Libri Plureos GmbH in Hamburg, Germany